나태주

1945년 충남 서천에서 태어났다. 공주사범학교를 졸업하고 43년간 초등학교 교사로 재직했으며, 2007년 공주 장기초등학교 교장으로 퇴임했다. 1971년 서울신문 신춘문예에 시가 당선되어 작품 활동을 시작했다. 첫 시집 『대숲 아래서』를 출간한 후 『꽃을 보듯 너를 본다』 『너와 함께라면 인생도 여행이다』 『너무 잘하려고 애쓰지 마라』 등 여러 권의 시집을 펴냈고, 산문집 그림시집 동화집 등 190여 권을 출간했다. 학교에서 만난 아이들에 대한 마음을 담은 시 「풀꽃」을 발표해 '풀꽃시인'이라는 애칭과 함께 국민적인 사랑을 받았다. 소월시문학상, 흙의 문학상, 충청남도문화상, 윤동주문학대상 등을 수상했다. 2014년부터는 공주에서 '나태주풀꽃문학관'을 설립·운영하며 풀꽃문학상을 제정·시행하고 있다.

강병인쓰다 03

'강병인 쓰다'

시는 견고합니다.
껍질이 단단해서 도무지 빈틈을 내어주지 않습니다.
수없는 고통을 이겨내며 나왔으니 그럴 수밖에 없습니다.

비집고 비집어 틈을 열어 글씨의 씨앗을 심어보려 하지만
오히려 더 굳게 문을 닫아버립니다.

읽고 또 읽고
쓰고 또 쓰고
두드리고 또 두드리고

마침내 조그마한 틈이 생기고 나는 글씨를 하나둘
심기 시작했습니다.
들어오고 나아가고 올라가고 내려가다 멈추고 서 있기를
반복하는 시간,
결국 뜻과 소리를 드러내며 제 모양으로 자라는 글자들.

시는 글자가 되고, 글자는 글씨가 되고 마는 순간입니다.
얼마나 기다렸던 일인가요.

글씨가 있는 시.

시가 가지고 있는 감정들
시어 속에 숨겨진 이야기들
활자로는 전달되거나 표상되지 않는 이야기들
획 하나하나에 스며들고 입체적으로 일어나
또 다른 시어가 되길 바라는 간절함으로 글씨를 썼습니다.

저 옛날 왕희지가 난정서를 썼듯이.
추사를 따르는 이들이 인왕산 아래 송석원에 모여
시를 짓고 글씨를 쓰며 그림을 그렸듯이.

서로가 꽃

초판 1쇄 인쇄 2024년 8월 8일
초판 1쇄 발행 2024년 8월 19일

지은이 나태주
글씨와 그림 강병인
펴낸이 정해종

펴낸곳 (주)파람북
출판등록 2018년 4월 30일 제2018-000126호
주소 경기도 회동길 480 아트팩토리엔제이에프 B동 222호
전자우편 info@parambook.co.kr
인스타그램 @param.book
페이스북 www.facebook.com/parambook/
네이버 포스트 m.post.naver.com/parambook
대표전화 02-2038-2633

편집 현종희
디자인 이승욱

ISBN 979-11-7274-007-8 03810

• 책값은 뒤표지에 있습니다.

강병인 글씨로 보는
나태주 대표 시선집

파람북

서문

시 읽는 환희가 머무는 시집

애당초 시인에게는 여러 가지 소망이 있게 마련입니다.
시가 노래가 되고, 시가 그림 되는 것도 꿈이지만
시가 서예 작품으로 다시 태어나는 것도
멀리하기 어려운 꿈 가운데 하나입니다.
하물며 강병인 선생과 같이 우리의 한글의 글자를
심미적 조형의 세계로 재창조하는 서예가 선생의
글씨로 나의 시가 재탄생된다는 것은 황홀할 정도로
아름다운 꿈입니다.

이번에 문정희 시인님, 정호승 시인님에 이어
제 시들이 강병인 선생의 글씨로 시집이 나온다고 하니
반가운 마음을 넘어서 경이로운 마음이기도 합니다.
그동안 오래 기다려 온 일이기도 하지요.

언제든, 누구에게든 책을 한 권 더 갖는다는 건
행운이고 기쁨입니다.
더구나 일가를 이룬 서예가의 필치로 시가 서예 작품으로 바뀌어 책으로 나온다는 건 더더욱 감동입니다.

분명 시를 읽는 환희가 새롭게 거기에 머물 줄로 믿습니다.

두루 감사의 말씀을 전합니다.

나태주

서문

정성으로 쓰다

'강병인 쓰다' 셋째 권은 나태주 시인의 시입니다.

자세히 보아야 예쁘다
오래 보아야 사랑스럽다
너도 그렇다.

국민의 시, 나태주 선생님의 시, 「풀꽃」.
허허 들판에 말없이 자란 풀꽃, 가까이 가서 보아야
비로소 존재의 가치를 눈치챌 수 있겠죠.
잠깐 스치듯 보아서는 풀꽃의 정성을 알아차릴 수 없습니다.
오래 보아야 비로소 얼마나 사랑스러운지 알 수 있습니다.
풀꽃만이 그런가요. 아닙니다. 당신도 그렇습니다.
세상 모든 존재가 말입니다.

선생님의 시는 제게 이렇게 속삭이는 듯 정겹게 다가옵니다.
이 시에서 제가 느낀 감정을 두 글자로 줄이면
'정성'으로 읽힙니다.
이번 나태주 선생님의 시를 글씨로 옮기면서
나름의 가다듬은 자세는 바로 '정성'이었습니다.

쉽고 간결한 시어로 소박하고
따뜻한 자연의 감성을 담아 많은 독자의 사랑을 받아왔다.

한 서점에서 나태주 선생님을 소개한 글입니다.

'소박하고 따뜻한 자연의 감성이 묻어있고,
쉽게 잘 읽혀야 나태주 선생님의 시를
강병인의 글씨로 옮기는 이유가 될 것이다.'

선생님의 시를 글씨로 옮기기 전부터
염두에 두어온 바였습니다.
그러면서 선생님의 시를 읽고 보기 시작했습니다.
활자로 된 글자 한 자 한 자 눈으로 가슴으로 두드리며,
시어들이 일어나 뛰어다니길 바랐습니다.
같이 웃고 춤추고 놀며 시와 제 마음이 하나 되어야
비로소 붓을 들 수 있으니 말입니다.

글씨 쓰는 이의 숙명은 한 글자든 두 글자든 문장이든
입체적으로 보아야 합니다.
때로는 글자를 뒤집어서도 읽어야 하고,

360도 돌려가며 보아야 합니다.
여기서는 먼저 읽어야 하고, 그다음은 '본다'는 것이
제게는 또 하나의 숙제입니다.
어떻게 보느냐에 따라 글씨도 달라질 테니까요.

더불어 중요한 것은 입체적으로 본다는 것입니다.
입체적으로 본다는 것은 해체해야 한다는 말과 다름없습니다.
한글은 다른 문자들과 다르게 하늘 초성, 사람 중성,
땅 종성이라는 체계를 가지고 있고 소리를 나누고 합하는
원리로 만들어졌으니 해체도 사실 쉽습니다.

ㄲ ㅗ ㅊ = 꽃

Flower, 花, はな

소리를 천인지로 나누고 합하는 원리는
알파벳이나 한자, 히라가나에는 없는 체계로
한글만이 해체라는 말이 성립됩니다.
무엇보다 해체해야 공간이 열리고
그사이에 뜻과 소리를 심을 수 있습니다.
입체적으로 모아야만 비로소 '읽는 시에서 뜻과 소리를

보고 듣는 입체 시각 시'가 될 것이기 때문입니다.
그것이 없다면 시를 글씨로 옮기는 것은
어쩌면 무의미할 것입니다.

이번 시집 역시 강병인의 작품집 형식이 아니라,
활자로 된 시의 형식을 빌려 와 읽는 시에서 읽고 보는
글씨 시집의 형식을 띠고 있습니다.
시 하나하나는 저마다의 시어를 가지고 있기에
글씨 역시 그 시마다 글꼴을 달리하는 것은
글씨 시집이 가지는 생명력이라 하겠습니다.
그러기에 시를 글씨로 옮기는 것은 여전히 고통이 따릅니다.
그러다 보니 선생님의 시 원고를 3년째 만지작거렸습니다.
쓰고 또 쓰고, 찢고 또 찢고….

이번 나태주 선생님 시집에서는 앞 두 권의 글씨 시집과는
다르게 시의 제목에서 글자 크기나 획의 두께, 질감, 공간의
변화를 통해 의미를 살려내는 등 또 다른 시각 시 장치들을
마련했습니다.
그리고 무엇보다 시 하나하나마다 수묵 그림을 넣었습니다.

'수묵 글씨 시집'이라고 해도 될까요….

「풀꽃 · 2」는 먹물을 한 번 찍고 계속 쓴 글씨입니다.
그래서 마지막 행 '아, 이것은 비밀'은 먹이 모자라
바짝 마른 모습입니다.
시간의 흐름을 표현한 것이기도 합니다.

「행복」에서 그림은 등불 역할을 하고 있습니다.
기다리는 가족뿐만 아니라 저녁때 돌아가는 집에서
멀리 삐져나오는 불빛이기도 합니다.

「나뭇결」에서는 '뼈 무늬라도 일어설 듯'
'정갈한 아침 햇살' 같은 정자 글씨입니다.
글씨에서 마치 줄 선 마룻바닥을 연상한다면 참 좋겠습니다.
그리고 왼쪽에 같은 내용의 시를 정자에서
흘림체로 써서 넣었습니다.
우리가 한글 서예를 배우는 과정에서 궁체의 경우
정자에서 흘림, 진흘림의 단계를 거치게 되는데,
'나이 들면서 안으로 밝아지고 고와지는' 과정을
그려보고 싶었습니다.

이번 나태주 선생님의 시 가운데 가장 긴 문장으로
글씨를 쓴 시는 「막동리 소묘」입니다.

청보리 푸른 숨소리, 청자의 하늘, 솔바람 소리,
조곤조곤, 사운사운, 달빛의 이슬…

정말 아름다운 시어의 성찬이 아닐 수 없습니다.
좋아하는 시구들이 많기도 하지만, 운율이 살아있어서
비교적 한 번에 써 내려갔습니다.

「공산성」에서는 '와'와 '움' 자가 첫 행과 마지막 행에
두 자씩 있습니다. 나머지 글자들은 윗줄 맞추기로 가지런히
하고, '와'와 '움'의 'ㅇ'만 위로 솟아 올려놓았습니다.
그 뜻은 독자 여러분의 해석에 맡기겠습니다.

「사랑은 언제나 서툴다」에서는 처음 만나는 선남선녀가
다소곳함을 보이기 위해 괜스레 자꾸 옷매무새를 다듬는
모습을 그렸습니다.

「좋다」에서는 좋아하는 표정도 있지만

'좋다~ 좋다~'하는 소리도 보이길 바라며 썼습니다.

글씨를 다 쓴 후에는 보고 또 보며 선생님의 시 하나하나에서
정성을 다했는지 질문했습니다.
글씨 하나하나, 획 하나하나에 너의 모습 잘 간직했다가
너와 눈 마주치는 분들에게 고운 미소 지어달라고
부탁해 놓았습니다.

나는 서툴고 작은 사람이다…. 나는 느낌의 사람,
틀려도 된다는 자신감이 있었다.

김지수·나태주의 『나태주의 행복수업』에서 읽은
이 말씀이 무척 살갑게 다가옵니다.
강병인의 수묵과 글씨가 있는 나태주 시집 『서로가 꽃』.
모든 게 부족하고 서툴지만, '정성'으로 썼습니다.
귀한 시를 글씨로 옮기게끔 허락해 주신 나태주 선생님께
감사드립니다.

세종 나신 인왕산 아래에서
영묵 강병인 두 손 모음

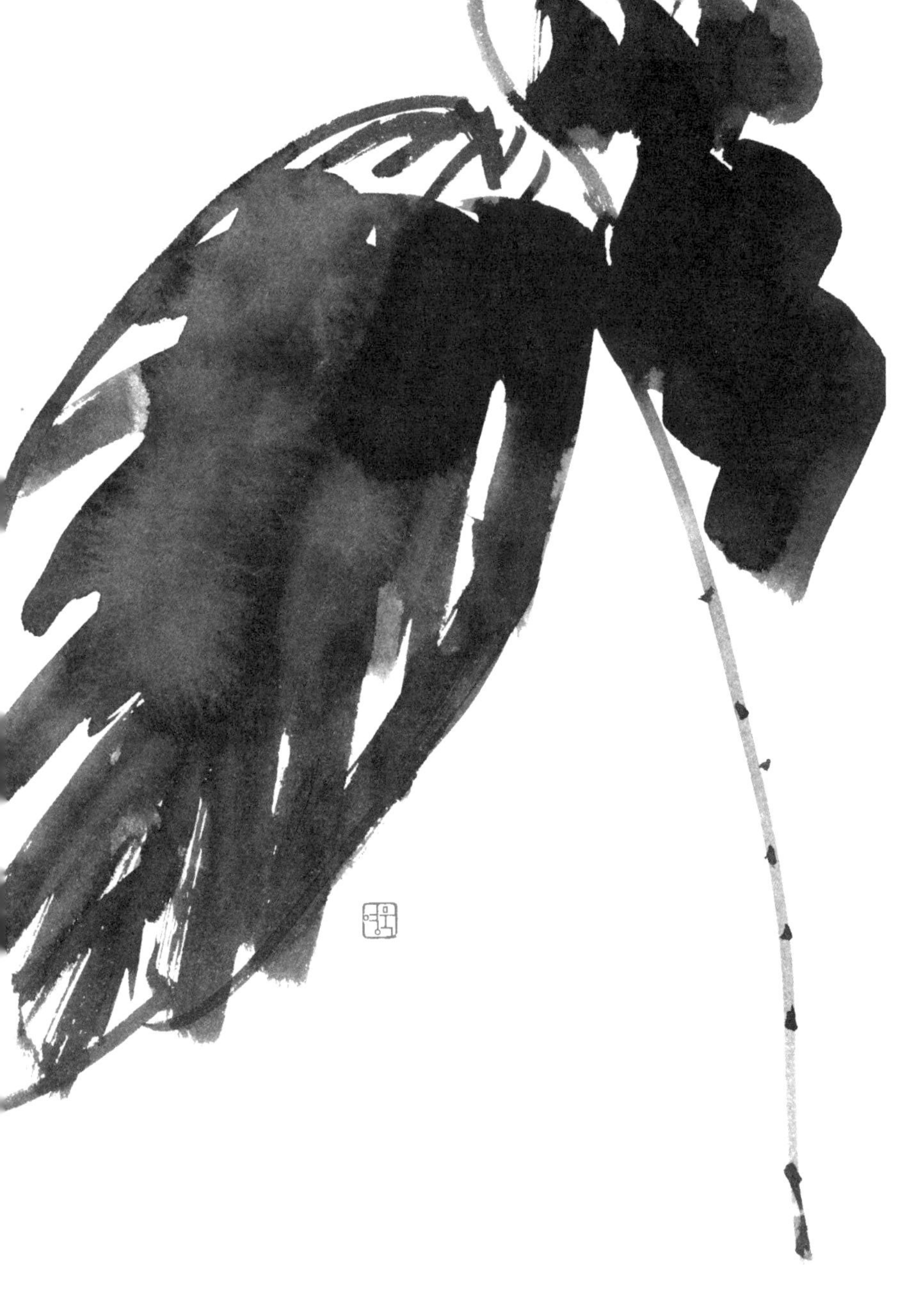

풀꽃 1

자세히 보아야
예쁘다

오래 보아야
사랑스럽다.

너도
그렇다

나태주 시 영복 쓰다

풀꽃 · 1

자세히 보아야
예쁘다

오래 보아야
사랑스럽다

너도 그렇다.

서로가 꽃

우리는 서로가
꽃이고 기도다

나 없을 때 너
보고 싶었지?
생각 많이 났지?

나 아플 때 너
걱정됐지?
기도하고 싶었지?

그건 나도 그래
우리는 서로가
기도이고 꽃이다

나태주 시 여름 씀

서로가 꽃

우리는 서로가
꽃이고 기도다

나 없을 때 너
보고 싶었지?
생각 많이 났지?

나 아플 때 너
걱정됐지?
기도하고 싶었지?

그건 나도 그래
우리는 서로가
기도이고 꽃이다.

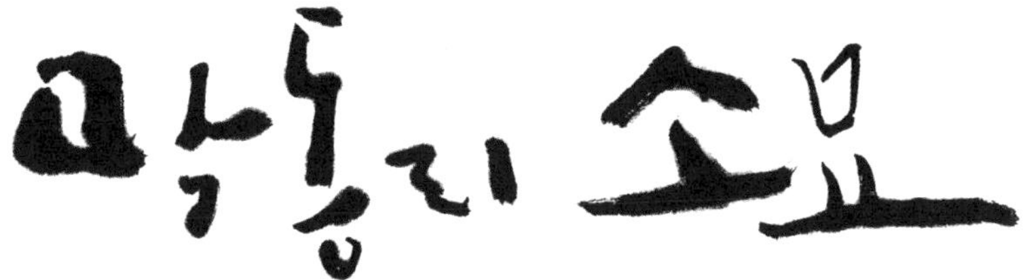

나태주 시 영묵 씀

1

아스라이 청보리 푸른 숨소리 스민 청자의 하늘,
눈물 고인 눈으로 바라보지 마세요
눈물 고인 눈으로 바라보지 마세요
보리밭 이랑 이랑마다 솟는 종다리

2

얼굴을 붉히고 비둘기 발목같이 발목같이
하늘로 뻗어 올리고 복숭아 나무 새순들
하늘로 팔을 벌리고 봄 과원의 말씀들
그같이 잠든 여자, 고운 눈썹 잠든 여자

3

내버려두라, 햇볕은 드는 대로 바람 부는 대로
때가 되면 사과나무에 사과꽃 피고
누이의 앵두나무에 누이의 앵두가 익듯
네 가슴의 포도는 단물이 들 대로 들을 것이다

4

모음으로 짜개지는 옥빛 하늘의 틈새로
부우부우, 사랑의 내로부터 터져오는 솔바람 소리
제가 지게꾼의 소리 제가 들으려고
오오오오, 이 절을 빌리는 실개천도 개울물 소리

5

겨울에 비워둔 나의 술잔에
밤새워 조곤조곤 봄비 속살거리고
사운사운 살을 씻는 댓잎의 노래.
비워도 비워도 넘치네. 지곡술이 넘치네

6

물안개에 흘리는 작은 산허리
비뻐꾸기 울음소리 감돌아가자고
가난하고 가난하고 또 가난하여라.
아침마다 골짜기 물소리에 씻는 나의 귀

7

감나무 나무 속잎 나고
버드나무 실가지에 연둣빛 칠해지는 거.
아, 물차는 포강배미 햇살이 허물 벗는 거.
보리밭골에 바람이 맨살로 드러눕는 거

8

그 계집애, 가물가물 아지랑이 허리를 가지고
눈썹없이 포로소롬 풋보리 같은
그 계집애, 새봄맞이 비를 맞은 마늘촉 같은
안개 지핀 대숲에 달덩이 같은

9

유채꽃밭은 노오란 꽃 피는 것만 봐도 눈물 고였다
너무나 순정적인 너무나 맹목적인
아, 열여섯 살짜리 달빛의 이슬이
안쓰러운 발목이여. 모가지여. 가슴이여.

10

덤으로 사는 목숨 그림자로 앉아서
반야심경을 펴든 날 맑게 눈튼 날
수풀 속을 헤쳐온 바람이 책장을 넘겨주데
꾀꼬리 울음소리가 대신해서 경을 읽데

막동리 소묘

1

아스라이 청보리 푸른 숨소리 스민 청자의 하늘,
눈물 고인 눈으로 바라보지 마셔요.
눈물 고인 눈으로 바라보지 마셔요.
보리밭 이랑 이랑마다 솟는 종다리.

2

얼굴 붉힌 비둘기 발목같이 발목같이
하늘로 뽑아 올린 복숭아나무 새순들.
하늘로 팔을 벌린 봄 과원의 말씀들.
그같이 잠든 여자, 고운 눈썹 잠든 여자.

3

내버려 두라, 햇볕 드는 대로 바람 부는 대로
때가 되면 사과나무에 사과꽃 피고
누이의 앵두나무에 누이의 앵두가 익듯
네 가슴의 포도는 단물이 들대로 들을 것이다.

4

모음으로 짜개지는 옥빛 하늘의 틈서리로
우우우우, 사랑의 내력來歷 보 터져오는 솔바람 소리.
제가 지껄인 소리 제가 들으려고
오오오오, 입을 벌리는 실개천 개울물 소리.

5

겨우내 비워둔 나의 술잔에
밤새워 조곤조곤 봄비 속살거리고
사운사운 살을 씻는 댓잎의 노래,
비워도 비워도 넘치네. 자꾸 술이 넘치네.

6

물안개에 슬리는 차운 산허리
뻐꾸기 울음소리 감돌아 가고
가난하고 가난하고 또 가난하여라,
아침마다 골짝 물소리에 씻는 나의 귀.

7

감나무 나무 속잎 나고
버드나무 실가지에 연둣빛 칠해지는 거,
아, 물찬 포강배미 햇살이 허물 벗는 거,
보리밭에 바람이 맨살로 드러눕는 거.

8

그 계집애, 가물가물 아지랑이 허리를 가진.
눈썹이 포로소롬 풋보리 같은.
그 계집애, 새봄맞이 비를 맞은 마늘 촉 같은.
안개 지핀 대숲에 달덩이 같은.

9

유채꽃밭 노오란 꽃 핀 것만 봐도 눈물 고였다.
너무나 순정적인 너무나 맹목적인
아, 열여섯 살짜리 달빛의 이슬의
안쓰러운 발목이여. 모가지여. 가슴이여.

10

덤으로 사는 목숨 그림자로 앉아서
반야심경을 펴 든 날 맑게 눈튼 날
수풀 속을 헤쳐온 바람이 책장을 넘겨주데.
꾀꼬리 울음소리가 대신해서 경을 읽데.

풀꽃·2

이름을 알고 나면
이웃이 되고
색깔을 알고 나면
친구가 되고
모양까지 알고 나면
연인이 된다

아,
이것은
비밀

나태주 시를 영복 쓰다.

풀꽃 · 2

이름을 알고 나면 이웃이 되고
색깔을 알고 나면 친구가 되고
모양까지 알고 나면 연인이 된다
아, 이것은 비밀.

제비꽃

그대 떠난 자리에
나 혼자 남아
쓸쓸한 날
제비꽃이 피었습니다
다른 날보다 더 예쁘게
피었습니다

나태주 시 양묵 씀

제비꽃

그대 떠난 자리에
나 혼자 남아
쓸쓸한 날
제비꽃이 피었습니다
다른 날보다 더 예쁘게
피었습니다.

행복

저녁때
돌아갈 집이 있다는 것

힘들 때
마음속으로 생각할 사람 있다는 것

외로울 때
혼자서 부를 노래 있다는 것

나태주, 시 영묵 쓰다

행복

저녁 때
돌아갈 집이 있다는 것

힘들 때
마음속으로 생각할 사람 있다는 것

외로울 때
혼자서 부를 노래 있다는 것.

사는 법

그리운 날은 그림을 그리고
쓸쓸한 날은 음악을 들었다

그리고도 남는 날은
너를 생각해야만 했다

나태주 시 영욱 쓰다

사는 법

그리운 날은 그림을 그리고
쓸쓸한 날은 음악을 들었다

그리고도 남는 날은
너를 생각해야만 했다.

내가 너를

내가 너를 얼마나 좋아
하는지 너는 몰라도 된다
너를 좋아하는 마음은 오로지
나의 것이요 나의 그리움은
나 혼자만의 것으로도 차고
넘치니까 나는 이제 너 없
이도 너를 좋아할 수 있다

나태주 시 영묵 씀

내가 너를

내가 너를
얼마나 좋아하는지
너는 몰라도 된다

너를 좋아하는 마음은
오로지 나의 것이요,
나의 그리움은
나 혼자만의 것으로도
차고 넘치니까……

나는 이제 너 없이도
너를 좋아할 수 있다.

바람에게 묻는다

바람에게 묻는다
지금 그곳에는 여전히
꽃이 피었던가 달이 떴던가.

바람에게 묻는다
나의 그리운 사람 못 잊을 사람
아직도 나를 기다려
그곳에서 서성이고 있던가.

나에게 불러주었던 노래
아직도 혼자 부르며
울고 있던가 —

나태주 시 영묵 씀

바람에게 묻는다

바람에게 묻는다
지금 그곳에는 여전히
꽃이 피었던가 달이 떴던가

바람에게 듣는다
내 그리운 사람 못 잊을 사람
아직도 나를 기다려
그곳에서 서성이고 있던가

내게 불러줬던 노래
아직도 혼자 부르며
울고 있던가.

묘비명

많이
보고
싶겠지만

조금만
참자

나태주 시 영복 씀

묘비명

많이 보고 싶겠지만
조금만 참자.

들국화

바람 부는 등성이에
혼자 올라서
두고 온 옛날은
생각지 말자고
아주 아주 생각지 말자고

갈꽃 핀 등성이에
혼자 올라서
두고 온 옛날은
잊었노라고
아주 아주 잊었노라고

구름이 떼지어 가는
하늘을 보며
어느 사이
두 눈에 고이는 눈물
꽃잎에 젖는 이슬

나태주 시 명조 씀

들국화

바람 부는 등성이에
혼자 올라서
두고 온 옛날은
생각 말자고,
아주 아주 생각 말자고

갈꽃 핀 등성이에
혼자 올라서
두고 온 옛날은
잊었노라고,
아주 아주 잊었노라고

구름이 헤적이는
하늘을 보며
어느 사이
두 눈에 고이는 눈물
꽃잎에 젖는 이슬.

풀잎을 닮기 위하여

풀잎 위에
나의 몸을 기대어 본다

휘청,
휘어지는 풀잎

풀잎 위에
나의 슬픔을 얹어 본다

휘청,
더욱 깊게 휘어지는 풀잎

오늘은 나의 몸무게보다
슬픔의 무게가 더 무거운가 보오

나태주 시 영묵 씀

풀잎을 닮기 위하여

풀잎 위에
내 몸을 기대어 본다

휘청,
휘어지는 풀잎

풀잎 위에
내 슬픔을 얹어본다

휘청,
더욱 깊게 휘어지는 풀잎

오늘은 내 몸무게보다
슬픔의 무게가 더 무거운가 보오.

남국절

온몸이 앓고 남은 조용하게 드러내는 꽃따라 가을쩍들을 때
따다 더욱 고와지는 또렷해지는 따뜻한 바다의 남국절은 남을 밟을 길에
고치던 숨결들을 길게 칠에 닦에서 서술로 굳은 향기로 더듬을 듯 빼오니
하도 알어설 듯 가장 청순한 아침 햇살이 말려주고 가장 조용한 저녁
별빛이 쓴 달도 어두어 더욱 선명해지는 그와 같은 말을 바다의 남국절 사람
도저히 닮을 나이들을 면서 안으로 쌓아지는 고요처 선명한 마음의 무늬를 지닐
수는 없는 것일까 향내로운 그윽하게 모습을 수는 없는 것일까

나태주 시
영묵 쓰다

운문사 만우당 스님들 조강하제 드나드시는 쪽마루 가끔씩 들르를 때
마다 더욱 고와지고 또렷해지는 마룻바닥의 나뭇결 스님들 발길에
스치고 스님들 걸레질에 닦여서 서슬푸른 향기라도 머금을듯 뼈무늬
라도 일어설듯 가장 정갈한 아침햇살이 말려주고 가장 조용한 저녁
별빛이 쓰다듬어주어 더욱 선명해지고 고와진 마룻바닥의 나뭇결 사람
도 저처럼 나이들면서 안으로 밝아지고 고와져 선명한 마음의 무늬를 지닐
수는 없을까 향내다소운 은은하게 품을 수는 없을까 계묘 날뫼 주선생시 나뭇결을 병로 씀

나뭇결

운문사 만우당
스님들 조강하게 드나드시는 쪽마루
가끔씩 들를 때마다
더욱 고와지고 또렷해지는
마룻바닥의 나뭇결

스님들 발길에 스치고
스님들 걸레질에 닦여서
서슬 푸른 향기라도 머금을 듯
뼈무늬라도 일어설 듯

가장 정갈한 아침 햇살이 말려 주고
가장 조용한 저녁 별빛이 쓰다듬어 주어
더욱 선명해지고 고와진
마룻바닥의 나뭇결

사람도 저처럼
나이 들면서 안으로 밝아지고 고와져
선명한 마음의 무늬를 가질 수는 없는 일일까
향내라도 은은하게 품을 수는 없는 일일까.

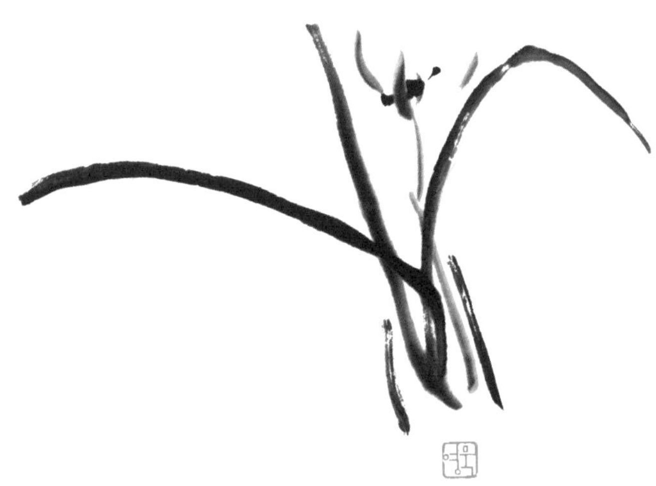

난초 화분의 휘어진
이파리 하나가
허공에 몸을 기댄다

허공도 따라서 휘어지면서
난초 이파리를 살그머니
보듬어 안는다

그들 사이에 사람인 내가 모르는
잔잔한 기쁨의
강물이 흐른다

나태주 시 영묵 쓰다

기쁨

난초 화분의 휘어진
이파리 하나가
허공에 몸을 기댄다

허공도 따라서 휘어지면서
난초 이파리를 살그머니
보듬어 안는다

그들 사이에 사람인 내가 모르는
잔잔한 기쁨의
강물이 흐른다.

너와 나
손잡고 눈감고 왔던 길

이미 내 옆에 네가 없으니
어찌할까?

돌아가는 길 몰라 여기

나 혼자 울고만 있네

나태주 시 영목 씀

섬

너와 나
손잡고 눈 감고 왔던 길

이미 내 옆에 네가 없으니
어찌할까?

돌아가는 길 몰라 여기
나 혼자 울고만 있네.

아름다운 사람

아름다운 사람
눈을 둘 곳이 없다

바라볼 수도 없고
그렇다고 아니
바라볼 수도 없고

그저 눈이
부시기만 한 사
람

나태주 시 영목 씀

아름다운 사람

아름다운 사람
눈을 둘 곳이 없다

바라볼 수도 없고
그렇다고 아니
바라볼 수도 없고

그저 눈이
부시기만 한 사람.

멀리까지 보이는 날

산 위에 두둥실 떠 있는
흰 구름, 저 녀석
조금 전까지만 해도 내 몸 안에서
뛰어놀던 그 숨결이다

나태주 시
중에서
영옥 씀

멀리까지 보이는 날

숨을 들이쉰다
초록의 들판 끝 미루나무
한 그루가 끌려들어온다

숨을 더욱 깊이 들이쉰다
미루나무 잎새에 반짝이는
햇빛이 들어오고 사르락 사르락
작은 바다 물결 소리까지
끌려들어온다

숨을 내어쉰다
뻐꾸기 울음 소리
꾀꼬리 울음 소리가
쓸려나아간다

숨을 더욱 멀리 내어쉰다
마을 하나 비 맞아 우거진
봉숭아꽃나무 수풀까지
쓸려 나아가고 조그만 산 하나
우뚝 다가와 선다

산 위에 두둥실 떠 있는
흰구름, 저 녀석
조금 전까지만 해도 내 몸 안에서
뛰어 놀던 바로 그 숨결이다.

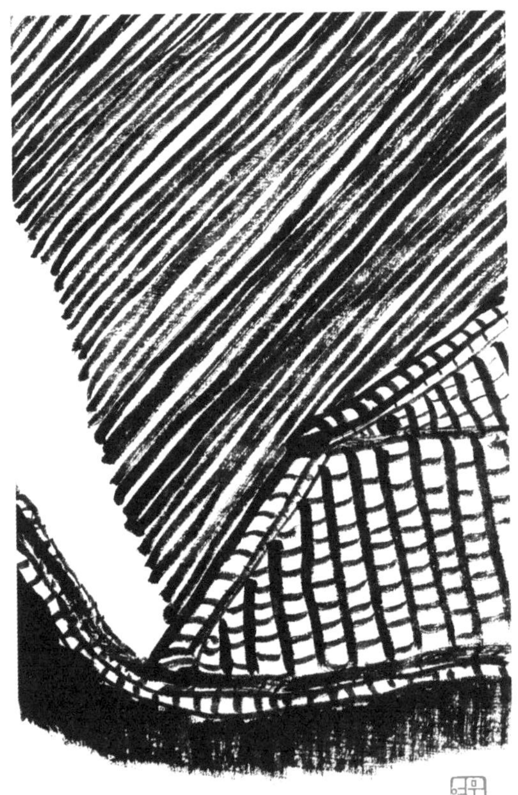

공산성

기와집위에또기와집
옛날속에또옛날
그리움뒤에또그리움

나태주 시 영묵 씀

공산성

기와집 위에 또 기와집
옛날 속에 또 옛날
그리움 뒤에 또 그리움.

풀꽃·3

기죽지 말고
살아봐
꽃 피워봐
참 좋아

나태주 시 영록 씀

풀꽃 · 3

기죽지 말고 살아봐
꽃 피워봐
참 좋아.

꽃잎

활짝 핀 꽃나무 아래서
우리는 만나서 웃었다

눈이 꽃잎이었고
이마가 꽃잎이었고
입술이 꽃잎이었다

우리는 술을 마셨다
눈물을 글썽이기도 했다

사진을 찍고
그날 그도 좋게 우리는
헤어졌다

돌아와 사진을 빼보니
꽃잎만 찍혀 있었다

나태주 시 영무

꽃잎

활짝 핀 꽃나무 아래서
우리는 만나서 웃었다

눈이 꽃잎이었고
이마가 꽃잎이었고
입술이 꽃잎이었다

우리는 술을 마셨다
눈물을 글썽이기도 했다

사진을 찍고
그날 그렇게 우리는
헤어졌다

돌아와 사진을 빼보니
꽃잎만 찍혀 있었다.

부탁

너무 멀리까지는 가지 말아라
사랑아

모습 보이는 곳까지만
목소리 들리는 곳까지만 가거라

돌아오는 길 잊을까 걱정이다
사랑아

나태주 시 영목 씀

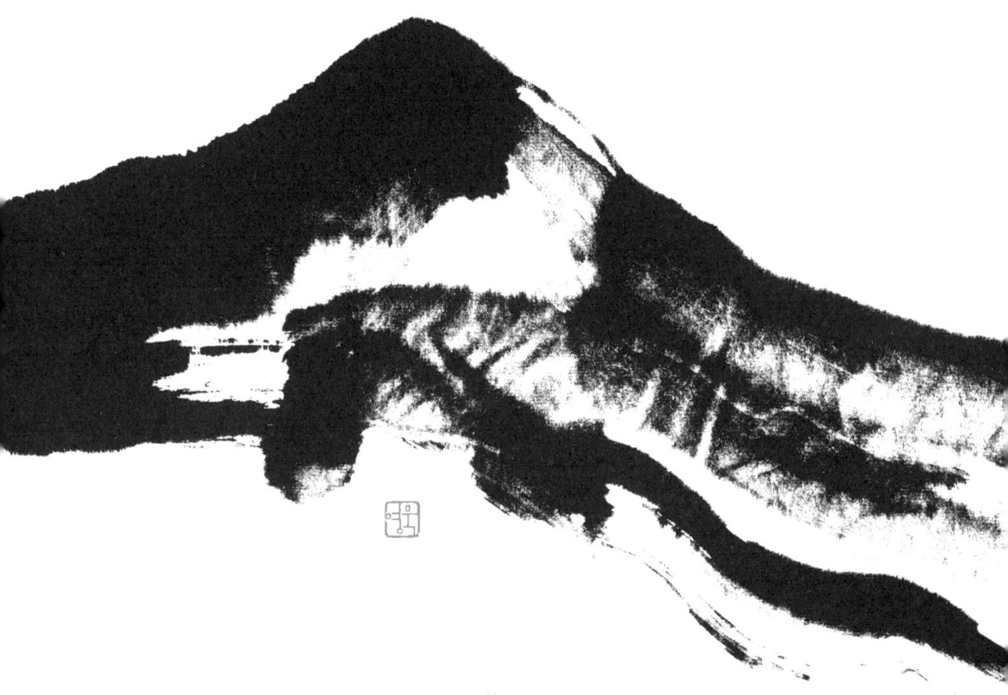

부탁

너무 멀리까지는 가지 말아라
사랑아

모습 보이는 곳까지만
목소리 들리는 곳까지만 가거라

돌아오는 길 잊을까 걱정이다

사랑아.

시

마당을 쓸었습니다
지구 한 모퉁이가 깨끗해졌습니다

꽃 한 송이 피었습니다
지구 한 모퉁이가 아름다워졌습니다

마음속에 시 하나 싹텄습니다
지구 한 모퉁이가 밝아졌습니다

나는 지금 그대를 사랑합니다
지구 한 모퉁이가 더욱 깨끗해지고
아름다워졌습니다

나태주 시를 영묵 쓰다

시

마당을 쓸었습니다
지구 한 모퉁이가 깨끗해졌습니다

꽃 한 송이 피었습니다
지구 한 모퉁이가 아름다워졌습니다

마음속에 시 하나 싹텄습니다
지구 한 모퉁이가 밝아졌습니다

나는 지금 그대를 사랑합니다
지구 한 모퉁이가 더욱 깨끗해지고
아름다워졌습니다.

어여쁨

무얼 그리 빤히 바라보고
그러세요!

이쪽에서 보고 있다는 걸
안다는 말이다

제가 예쁘다는 걸
제가 먼저 알았다는 말이다

나태주 시 영묵 씀

어여쁨

무얼 그리 빤히 바라보고
그러세요!

이쪽에서 보고 있다는 걸
안다는 말이다

제가 예쁘다는 걸
제가 먼저 알았다는 말이다.

목련꽃 낙화

너 나에게서 떠나는 날
꽃이 피는 날이었으면 좋겠네
꽃 가운데서도 목련꽃
하늘과 땅 위에 새하얀 꽃등
밝히듯 피어오른 그런
봄날이었으면 좋겠네

너 나에게서 떠나는 날
나 울지 않았으면 좋겠네
잘 가라 오라고 다녀오라고
하루 치기 여행을 떠나는 사람
가볍게 손 흔들듯 그렇게
떠나보냈으면 좋겠네

그렇다 해도 정말
마음속에서는 너도 모르게
꽃이 지고 있겠지
새하얀 목련꽃 흐득흐득
울음 삼키듯 땅바닥으로
떨어져 내려앉겠지

나태주 시
영목 씀

목련꽃 낙화

너 내게서 떠나는 날
꽃이 피는 날이었으면 좋겠네
꽃 가운데서도 목련꽃
하늘과 땅 위에 새하얀 꽃등
밝히듯 피어오른 그런
봄날이었으면 좋겠네

너 내게서 떠나는 날
나 울지 않았으면 좋겠네
잘 갔다 오라고 다녀오라고
하루치기 여행을 떠나는 사람
가볍게 손 흔들듯 그렇게
떠나보냈으면 좋겠네

그렇다 해도 정말
마음속에서는 너도 모르게
꽃이 지고 있겠지
새하얀 목련꽃 흐득흐득
울음 삼키듯 땅바닥으로
떨어져 내려앉겠지.

천사들이 신었다고
신발이 흩어져 있네

미끄럼틀 아래
그네 아래 그리고
꽃나무 아래

무슨 급한 일이 있어
천사들은 신발을 벗어둔 채
하늘나라로 돌아간 걸까—?

나태주 시 영묵 쓰다

꽃잎 · 2

천사들이 신었던
신발이 흩어져 있네

미끄럼틀 아래
그네 아래 그리고
꽃나무 아래

무슨 급한 일이 있어
천사들은 신발을 버려둔 채
하늘 나라로 돌아간 것일까?

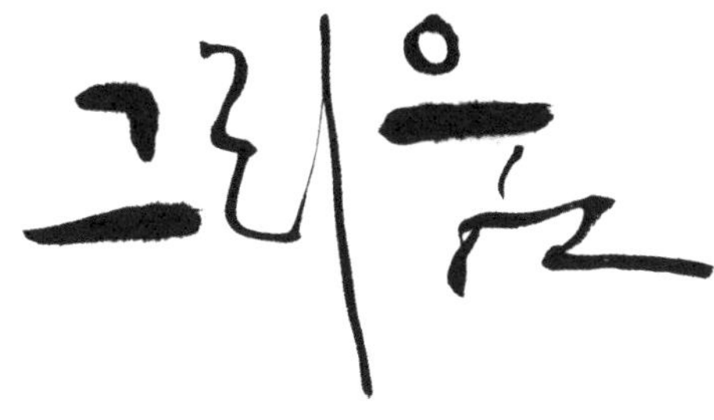

가지 말라는데 가고 싶은
길이 있다
만나지 말자면서 만나고 싶은
사람이 있다
하지 말라면 더욱 해보고 싶은
일이 있다

그것이 인생이고 그리움
바로 너다

나태주 시 영묵 씀

그리움

가지 말라는데 가고 싶은 길이 있다
만나지 말자면서 만나고 싶은 사람이 있다
하지 말라면 더욱 해보고 싶은 일이 있다

그것이 인생이고 그리움
바로 너다.

살아갈 이유

너를 생각하면 화들짝
잠에서 깨어난다
힘이 솟는다

너를 생각하면 세상 살
용기가 생기고
하늘이 더욱 파랗게 보인다

너의 얼굴을 떠올리면
나의 가슴은 따뜻해지고
너의 목소리 떠올리면
나의 가슴은 즐거워진다

그래 눈 한번 질끈 감고
하나님께 죄 한번 짓자!
이것이 이 봄에 또 살아갈
이
유다

나태주 시 영목 쓴다

살아갈 이유

너를 생각하면 화들짝
잠에서 깨어난다
힘이 솟는다

너를 생각하면 세상 살
용기가 생기고
하늘이 더욱 파랗게 보인다

너의 얼굴을 떠올리면
나의 가슴은 따뜻해지고
너의 목소리 떠올리면
나의 가슴은 즐거워진다

그래, 눈 한번 질끈 감고
하나님께 죄 한 번 짓자!
이것이 이 봄에 또 살아갈 이유다.

여행

떠나온 곳으로 다시는
돌아갈 수
없다는 걸
알기까지는
많은 시간이 필요했다

나태주 시 영묵 씀

여행

떠나온 곳으로 다시는
돌아갈 수 없다는 걸 알기까지는
많은 시간이 필요했다.

첫눈 같은

멀리서 머뭇거리기만 한다.
기다려도 쉽게 오지 않는다.
왔어도 잠시 있다가 또
훌쩍 떠난다.
가슴에 남는 것은 오로지
서늘한 후회 한 조각!

그래도 나는 네가 좋다.

나태주 시 양묵 씀

첫눈 같은

멀리서 머뭇거리만 한다
기다려도 쉽게 오지 않는다
와서는 잠시 있다가 또
훌쩍 떠난다
가슴에 남는 것은 오로지
서늘한 후회 한 조각!

그래도 나는 네가 좋다.

바람 부는 날

너는 내가 보고 싶지도 않니?
구름 위에 적는다

나는 너무 네가 보고 싶단다!
바람 위에 띄운다

나태주 시 영롱 씀

바람 부는 날

너는 내가 보고 싶지도 않니?
구름 위에 적는다

나는 너무 네가 보고 싶단다!
바람 위에 띄운다.

내일이면 헤어질 사람과
와서 보시오

내일이면 잊혀질 사람과
함께 보시오

왼 산이 통째로 살아서
가쁜 숨 몰아쉬는 모습을

다 못 타는 이 여자의
슬픔을…

나태주 시
영묵 씀

내장산 단풍

내일이면 헤어질 사람과
와서 보시오

내일이면 잊혀질 사람과
함께 보시오

왼 산이 통째로 살아서
가쁜 숨 몰아 쉬는 모습을

다 못 타는 이 여자의
슬픔을…….

별들이 대신해주고 있었다

바람도 향기를 머금은 밤
탱자나무 가시 울타리 가에서
우리는 만났다
어둠 속에서 봉오리지고
하이얀 탱자꽃이 바르르
떨었다
우리의 가슴도 따라서
떨었다
이미 우리들이 해야 할 말을
별들이 대신해 주고 있었다

나태주 시 영물 씀

별들이 대신 해주고 있었다

바람도 향기를 머금은 밤
탱자나무 가시 울타리 가에서
우리는 만났다
어둠 속에서 봉오리진
하이얀 탱자꽃이 바르르
떨었다
우리의 가슴도 따라서
떨었다
이미 우리들이 해야 할 말을
별들이 대신해 주고 있었다

사랑은 언제나 서툴다

서툴지 않은 사랑은 이미 사랑이 아니다
어제 보고 오늘 보아도 서툴고 새로운 너의 얼굴
낯설지 않은 사랑은 이미 사랑이 아니다
금방 듣고 또 들어도 낯설고 새로운 너의 목소리
어디서 이 사람을 보았던가
이 목소리 들었던가
서툰 것만이 사랑이다
낯선 것만이 사랑이다
오늘도 너는 내 앞에서 다시 한번 태어나고
오늘도 나는 네 앞에서 다시 한번 죽는다

나태주 시 영모 씀

사랑은 언제나 서툴다

서툴지 않은 사랑은 이미
사랑이 아니다
어제 보고 오늘 보아도
서툴고 새로운 너의 얼굴

낯설지 않은 사랑은 이미
사랑이 아니다
금방 듣고 또 들어도
낯설고 새로운 너의 목소리

어디서 이 사람을 보았던가……
이 목소리 들었던가……
서툰 것만이 사랑이다
낯선 것만이 사랑이다

오늘도 너는 내 앞에서
다시 한번 태어나고
오늘도 나는 네 앞에서
다시 한번 죽는다.

여행의 끝

어둔 밤길 잘 들어갔는지?

걱정은 내 몫이고
사랑은 네 차지

부디 피곤한 밤
잠이나 잘 자기를…

나태주 시 염복섭

여행의 끝

어둔 밤길 잘 들어갔는지?

걱정은 내 몫이고,
사랑은 네 차지

부디 피곤한 밤
잠이나 잘 자기를…….

주제넘게도

주제넘게도
남은 청춘을 생각해 본다

주제넘게도
남은 사랑을 생각해 본다

촛불은 심지까지
타버리고 나서야 촛불이고

사랑은 단 한번뿐이라야
사랑이라던데…

나태주 시 영묵 쓴다

주제넘게도

주제넘게도
남은 청춘을 생각해 본다

주제넘게도
남은 사랑을 생각해 본다

촛불은 심지까지
타버리고 나서야 촛불이고

사랑은 단 한 번뿐이라야
사랑이라던데…….

날마다 기도

간구의 첫번째 사람은 너이고
참회의 첫번째 이름 또한 너이다

나태주 시 잉묵 씀

날마다 기도

간구의 첫 번째 사람은 너이고
참회의 첫 번째 이름 또한 너이다.

좋다

좋아요
좋다고 하니까
나도 좋다

나태주 시 영묵 씀

좋다

좋아요

좋다고 하니까 나도 좋다.

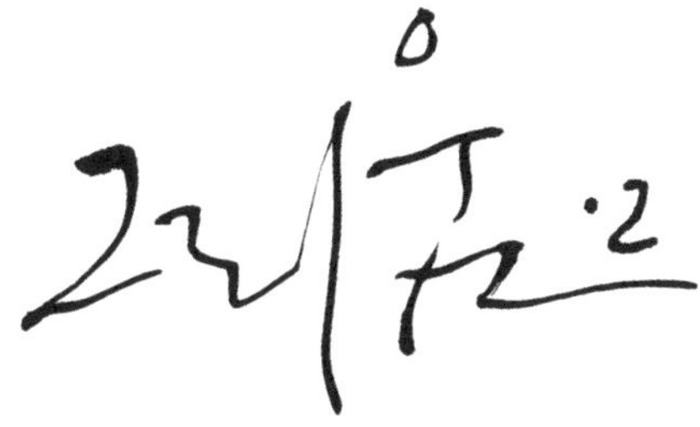

햇빛이
너무 좋아
혼자 왔다
혼자
돌아갑니다

나태주 시 영묵 씀

그리움 · 2

햇빛이 너무 좋아
혼자 왔다 혼자
돌아갑니다.

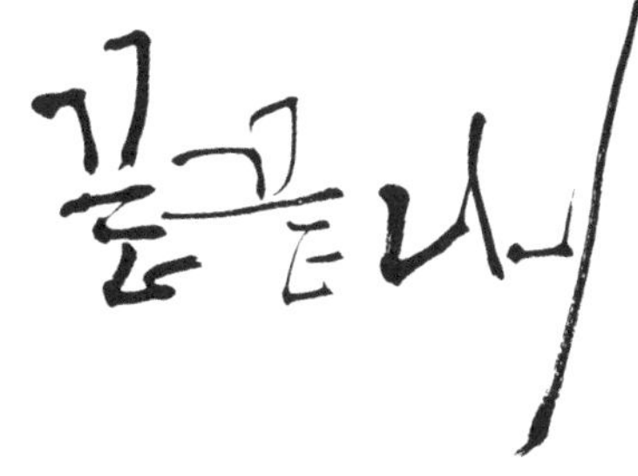

너의 얼굴 바라봄이 반가움이다.
너의 목소리 들음이 고마움이다.
너의 눈빛 스침이 끝내 기쁨이다.

끝끝내

너의 숨소리 듣고 내 옆에
네가 있음이 그냥 행복이다.
이 세상 네가 살아있음이
나의 살아있음이고 존재이유다.

나태주 시 영복 쓰다.

끝끝내

너의 얼굴 바라봄이 반가움이다
너의 목소리 들음이 고마움이다
너의 눈빛 스침이 끝내 기쁨이다

끝끝내

너의 숨소리 듣고 네 옆에
내가 있음이 그냥 행복이다
이 세상 네가 살아있음이
나의 살아있음이고 존재이유다.

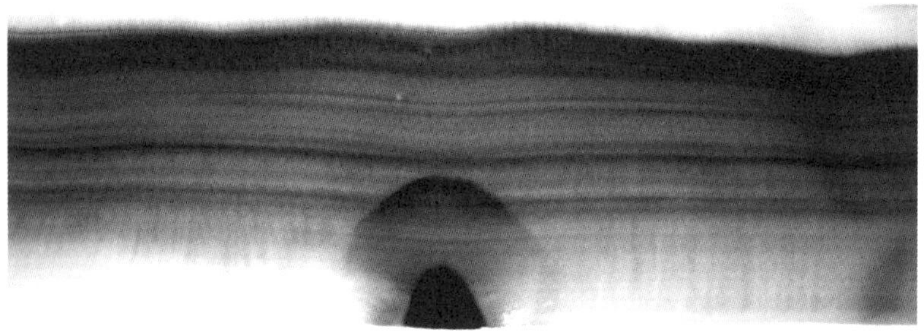

화엄

꽃장엄이란 말
가슴이 벅찹니다
꽃송이 하나하나가
세상이요 우주라지요
아아아
그 말 가슴이 열려
나도 한 송이 꽃으로
팡!
터지고 싶습니다

나태주 시
영묵 씀

화엄

꽃장엄이란 말
가슴이 벅찹니다

꽃송이 하나하나가
세상이요 우주라지요

아, 아, 아
그만 가슴이 열려

나도 한 송이 꽃으로 팡!
터지고 싶습니다.

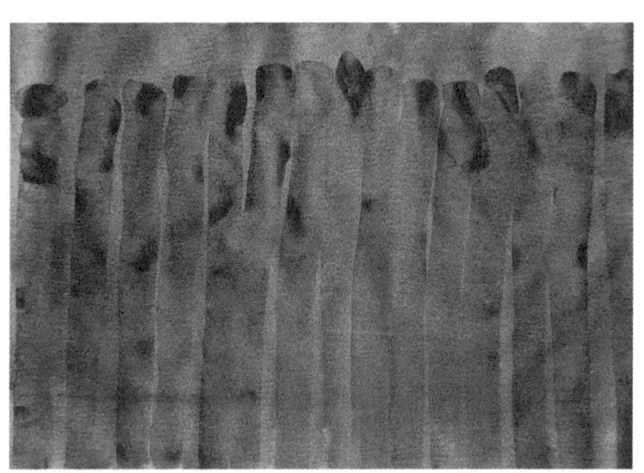

잠들기 전 기도

하나님
오늘도 하루
잘 살고 죽습니다
내일 아침 잊지 말고
깨워 주십시오

나태주 시 영로 씀

잠들기 전 기도

하나님
오늘도 하루
잘 살고 죽습니다
내일 아침 잊지 말고
깨워 주십시오.

시가 사람을 살린다

1. 사람을 울리는 시

인간은 이성도 있고 감성도 있는 존재이다. 이성은 무엇인가를 알고 기억하고 따지고 분석하고 종합하는 마음의 능력이다. 학교 교육이나 사회생활에서 가장 중요한 비중을 차지하는 요소이고, 또 개인의 능력을 평가할 때도 이 분야를 중심으로 삼는다. 그래서 아예 인간의 능력이나 가능성의 척도를 이성적인 요소로만 국한하는 경우가 있다.

그러나 정작 우리가 세상을 살아가는 데는 이성적인 요소보다는 감성적인 요소가 더 중요하게 작용을 한다. 우리가 행복하다 불행하다 말하는 것도 감성적인 요소나 조건들이 만들어내는 하나의 스펙트럼이라 하겠다. 인간의 마음속에 있는 시비是非의 마음은 이성적인 마음에서 비롯되는 마음이고 호오好惡의 마음은 감성적인 마음에서 출발하는 마음이다.

시비와 호오, 그 중 보다 강력한 마음은 호오의 마음이다. 일단 시비, 옳고 그름의 마음은 한 번으로 결판이 난다. 그러나 호오, 좋고 싫음은 절대로 한 번으로 결판이 나지 않는다.

그만큼 뿌리가 깊고 수정이 잘되지 않는 마음이 바로 그 마음이다. 우리들 삶을 이끌고 가고 멀리까지 안내하는 마음도 바로 호오의 마음, 즉 감성의 마음이다.

문학 작품 가운데서도 시는 오로지 감성의 마음에 의지하는 예술품이다. 그러므로 시는 사람의 마음을 울려준다. 아니, 울려주어야만 한다. 여기서 울려준다는 것은 감동을 말한다. 감동, 임팩트— 그것은 시가 가져야 할 가장 중요한 자질이요 조건이다. 감동을 하게 되면 엔도르핀보다도 강력한 다이돌핀이라는 호르몬이 우리 몸에서 나온다고 한다. 이 호르몬이 우리를 기쁘게 하고 만족감을 갖게 해 끝내는 행복감에 이르도록 한다고 한다. 그렇다면 시를 읽고 시를 사랑하는 일은 인간이 행복해지는 지름길이라고 할 수도 있을 것이다.

2. 사람을 응원하는 시

인간은 어디까지나 즐거움을 좇는 성향이 강하고 이로움을 추구하는 마음이 강하다. 하기 좋은 말로 헌신, 봉사, 희생, 그런 말들을 하지만 인간은 다분히 이기적인 존재이고 이로움을 추구함이 속일 수 없는 한 본성이다. 왜 우리가 시를 좋아하고 시를 읽는가? 시를 읽고 좋아해서 아무런 이득도 되지 않는다면 아무도 시를 좋아하지 않을 것이고 읽지도 않을 것이다.

역시 시는 읽어서 이로움이 있어야 하겠다. 무슨 이로움인가? 현실적이고 물질적인 이로움이 아니다. 그것은 마음의 이로움, 정신의 이로움이다. 마음의 기쁨이요 만족이다. 한 발 더 나간다면 힘겨운 삶에 대한 위로와 응원이다. 그래, 당신 마음을 내가 알아. 당신은 결코 혼자가 아니야. 당신은 그 힘든 마음이나 어려움에서 헤어나야만 해. 그래, 당신은 충분히 행복해지고 아름다워지고 칭찬받을 자격이 있고 그럴만한 이유가 있어. 내가 그것을 보장하고 내가 그것을 응원할 거야.

만약 우리가 읽는 시가 이런 암시를 주고 이런 역할을 해준다면 그 누구도 시를 읽지 않을 사람은 없을 것이다. 시를 좋아하고 시를 원하는 사람들은 모두가 이런 심정으로 시를 가까이하는 것이다. 오늘날 의외로 많은 사람이 사는 일이 힘들고 지친다고 한다. 우울하고 불행하다고 호소한다. 의기소침해 있고 소외감, 열등감에 빠져 있다고도 말한다.

왜 그런가? 도시화, 과학화로 사는 일이 복잡해졌고 상호비교로 상대적 빈곤감이 증폭되었기 때문이다. 자기 존재감이 턱없이 낮아진 까닭이다. 지금처럼 한자로 '휴休' 자가 많이 사용되고 '힐링'이란 생뚱맞은 단어가 많이 사용된 세상도 없을 것이다. 이 시대 사람들의 새로운 관심과 화두는 휴식과 치

유다. 이런 사람들에게 무엇이 위로가 되고 무엇이 도움이 되겠는가!

결코 밥이나 옷이나 그런 현실적인 것들만으로는 많이 부족하다. 마음을 다치고 마음이 힘든 데에는 마음의 치료가 있어야 한다. 마음을 다스려 주고 마음을 쓰다듬어 주고 마음을 밝게 해주는 그 어떤 방책이 동원되어야 한다. 이런 때 가장 적절하게 동원되어야 할 것이 바로 시다. 최근, 중학생이나 초등학생들까지도 열정적으로 시를 좋아하고 시를 사랑하는 모습을 보면서 시가 바로 우리들 정신적인 어려움을 해결해주는 묘약이란 것을 새삼 느끼고 깨닫곤 한다. 마음의 파이팅! 그 뒤에 시가 있다고 말할 수 있을 것이다.

무리 지어 피어있는 꽃보다
두 셋이서 피어있는 꽃이
도란도란 더 의초로울 때 있다

두 셋이서 피어있는 꽃보다
오직 혼자서 피어있는 꽃이
더 당당하고 아름다울 때 있다

너 오늘 혼자 외롭게
꽃으로 서 있음을 너무
힘들어하지 말아라.

나태주, 「혼자서」 전문

언젠가 한 번 제주도 귀일중학교에 강연을 간 일이 있다. 강연을 마치고 학생들에게 사인을 해주는데 한 여학생이 내 앞에 와 눈물을 글썽이며 내가 쓴 시 한 편을 읽어주었다. 그 학생은 2학년에 다니는 학생이었는데 사실 나는 그 시를 써서 시집에 넣기만 했을 뿐 별로 관심이 없어 잊고 있던 작품이었다. 놀라웠다. 이 작품이 어느 부분이 좋으냐고 물었다. 그 여학생은 마지막 연이 좋았다고 대답했다.

너 오늘 혼자 외롭게
꽃으로 서 있음을 너무
힘들어하지 말아라.

아마 그 여학생도 '혼자 외롭게' 있으면서 힘들게 지냈던 기억이 있었던 모양이다. 그렇다. 인간은 누구나 힘들 때가 있고

외로울 때가 있고 지칠 때가 있고 누군가로부터 위로받고 싶을 때가 있게 마련이다. 시인들은 이것을 잊지 말아야 한다. 외롭고 힘들고 지친 사람들을 위해 위로의 메시지를 보내는 것을 게을리하지 말아야 한다. 누가 이 시대에 신경질적이고 까탈스럽고 비아냥거리는 문장을 즐겨 읽겠는가. 마땅히 반성이 있고 수정이 있어야 할 일이다.

3. 사람을 살리는 시

실로 시는 매우 단출한 문장으로 어찌 보면 하찮은 문학 형식일 수 있다. 외형도 왜소하고 내용도 별스럽지 않을 수 있다. 시인은 더욱 무익한 사람들처럼 보인다. 그러지만, 그렇지만 말이다. 가끔은 시 한 편을 읽고 삶의 의욕을 되찾았다고 말하는 사람들이 있다. 자기 인생을 되돌아보고 삶의 궤적을 바로 잡았다고 말하는 사람도 있다. 시의 영광이요 독자의 축복이다.

공주에는 내가 관여하는 공주풀꽃문학관이란 집이 있다. 주말이면 주로 그곳에 머물며 전국에서 찾아오는 사람들을 자주 만나 대화를 하는데 때로는 방문객들로부터 놀라운 말을 듣기도 한다. 어느 날인가는 서울에서 찾아온 여성 독자분이 자신은 우울증에 오래 시달렸는데 시를 읽고 나서 우울증이 나았다고 말하는 것이었다. 그 말을 듣고 나는 놀라는 마음이었고 한편으로는 기쁜 마음이기도 했다. 아, 정말로 그런가? 정말로 시가 우울증 환자를 고칠 수 있단 말인가? 정말로 그것이 그렇다면 진정 감사한 일이 아닐 수 없는 것이다.

큰 병 얻어 중환자실에 널부러져 있을 때
아버지 절룩거리는 두 다리로 지팡이 짚고
어렵사리 면회 오시어
한 말씀, 하시었다

얘야, 너는 어려서부터 몸은 약했지만
독한 아이였다
네 독한 마음으로 부디 병을 이기고 나오너라
세상은 아직도 징글징글하도록 좋은 곳이란다

아버지 말씀이 약이 되었다
두 번째 말씀이 더욱
좋은 약이 되었다.

이것은 내가 쓴 「좋은 약」이란 작품이다. 2007년, 큰 병에 걸려 중환자실에 있을 때 연로하신 아버지가 면회 오셔서 하신 말씀을 기억해 두었다가 나중에 쓴 작품이다. 이 작품에서 가장 중요한 부분은 '세상은 아직도 징글징글하도록 좋은 곳이란다'란 문장이다. 실은 이 문장은 어법에 맞지 않는 표현이다. '징글징글'이란 단어는 결코 긍정적인 경우에 쓰이는 단어가 아니고 부정적인 경우에 쓰이는 단어이다. 그러나 여기에서는 이 말 밖에는 다른 말을 쓸 수가 없었다.

정말로 나는 그 절체절명의 순간순간을 견디면서 '징글징글'하다는 말이 그렇게도 마음의 힘이 될 수 없을 만큼 힘이 되었던 것을 기억한다. 요즘 젊은이들이 잘 쓰는 표현에 '내 몸이 기억한다'라는 말이 있는데 그야말로 나의 마음만이 아니라 나의 몸, 그러니까 전신이 기억해서 삶에 힘이 되고 용기가 되고 인내가 된다는 말일 것이다. 그렇다면 이 말은, 아니 이 문장은 힘든 사람들을 살렸다는 것이 되기도 할 것이다. 우리에게 있어서 말이란 것은 이렇게 중요하고 소중하고 다급한 것이다.

이것은 단어 하나나 짧은 문장에 관한 이야기지만 실지로 시는, 시를 읽는 사람만 아니라 시를 쓰는 시인에게도 많은 도움을 준다. 나는 왜 어린 시절부터 시에 매달렸고 시를 썼던가? 가장 중요한 이유는 시를 쓰지 않으면 안 될 것 같아서였고 시를 쓰면 마음이 놓이고 편안해졌기 때문일 것이다. 그렇다. 시는 내가 살아남을 수 있는 생존 방법 그 자체였던 것이다.

실로 한 편의 시가 인간을 살린다. 시를 읽는 독자만 살리는 것이 아니라 시를 쓰는 시인도 살린다. 부디 당신이 어렵사리 찾아서 읽는 시가 당신을 살리고 당신의 이웃을 더불어 살릴 수 있는 묘약이 되기를 바란다.

뜻 문자, 한글을 생각합니다

강병인

시인의 시를 글씨로 옮기면서 한글을 생각해 봅니다. 글 모르는 일반 백성들을 위해 만든 한글은 쉽게 배우고 쓸 수 있으면서도 매우 뛰어난 소리 문자입니다. 그런데 과연 한글은 소리 문자의 기능만 가지고 있을까요.

봄, 꽃, 똥, 칼, 놀자, 봄날, 햇살 등 순우리말들을 소리 내어 읽어 보면 소리와 글자가 다르지 않습니다. 한글은 우리말을 문자화했기 때문입니다. '봄'이라는 글자는 땅에서 싹이 나고 자라 가지를 뻗고 마침내 꽃이 피는 모습을 표현했습니다. '바람'은 불어오는 느낌을 담아 썼습니다. 그러다 보니 그림이지 글씨가 아니라고들 했습니다. 더군다나 한글은 소리 문자인데, 어떻게 한자와 같은 뜻 문자나 상형문자의 기능을 가질 수 있는지 의아해했습니다.

훈민정음 해례본에 나타난 핵심적인 제자원리를 살펴보면, 한글이 소리 문자와 뜻 문자의 기능을 모두 갖추고 있음을 알 수 있습니다. 한글 제자원리의 핵심이 되는 천인지天人地와 합자, 그리고 순환의 원리를 통해 '소리 문자와 뜻 문자로서의 한글'에 대해 이야기하고자 합니다. 자음을 만드는 원리인 발성 기관의 시각화는 많이 알려져 있으므로 설명을 보태지는 않겠습니다.

첫 번째는 글자의 바탕, 운영의 체계가 되는 천인지입니다

한글은 글자의 바탕을 천인지로 삼았습니다. 소리를 하늘과 땅, 사람으로 나눈 체계입니다. 〈표1〉처럼 '한'이라는 글자에서 ㅎ은 하늘(초성)이고 끝소리 ㄴ은 땅(종성)이며 첫소리와 끝소리를 어울러 주는 ㅏ는 사람(중성)으로 나누고 합해서 소리가 나고 글자가 되게 했습니다. 이러한 체계system는 사실 그 어떤 문자에도 없는 운영원리입니다. 상형문자의 전형인 한자에도 이러한 체계는 없습니다. '주춧돌초礎'는 한자를 만드는 육서법 중에서도 회의문자로 '돌석石', '수풀림林', '짝필疋'을 모아 만든 문자입니다. 아무리 해체를 해도 한글과 같은 체계는 존재하지 않습니다. 다만 자연과 인간의 형상을 문자화했다는 점에서 하나의 공통점이 있을 뿐입니다. 소리를 하늘과 땅, 사람으로 나누고 합하는 원리 역시 세상에 없는 원리입니다. 반드시 '모아 써야 만 소리가 나고 문자가 된다'는 변할 수 없는 규칙은 무엇보다 한글의 입체성, 예술성이 드러나는 지점입니다.

두 번째는 모음을 만드는 순환의 원리입니다

천인지는 다시 모음을 만드는 원리로 작용합니다. 먼저 모음을 이루는 형태는 둥근 하늘(•)과 평평한 땅(ㅡ), 그리고 서있는 사람(ㅣ)의 모습을 상형했다고 했습니다. 〈표1〉처럼 ㅓ가 ㅗ가 될 때 음의 소리에서 양의 소리로 바뀌면서 모음을 만듭니다.